KB037639

봄사무소
그림 에세이

좋아하는 곳에서
좋아하는 사람과
좋아하는 시간을 보내요

봄사무소
그림 에세이

좋아하는 곳에서
좋아하는 사람과
좋아하는 시간을 보내요

서랍의날씨

좋아하는 것들을 잃지 않기를

제주에 내려와 그 어느 때보다
자연과 더 가깝게 지내고 있는
'봄사무소'입니다.

가깝기도 하지만 멀다면 먼 제주에서,
좋아하는 사람과 좋아하는 환경에서
좋아하는 소소한 일상을 누릴 수 있다는 건
큰 행복인 것 같아요.

좋아하는 일만 하며 살아간다는 건
어려운 일이지만,
생각의 방향에 따라
꼭 그렇게 어렵지만은 않다는 걸
이 책에 담고 싶었어요.
우리 함께 제 그림처럼 동글동글 귀엽게
좋아하는 무언가를 잃지 않고
지내보는 건 어떨까요?

2023년 뜨거운 여름날,
봄사무소

Prologue

좋아하는 것들을 잃지 않기를

Chapter ONE.

좋아하는 것들

Chapter TWO.

좋아하는 곳 : 제주 이야기

Chapter THREE.

좋아하는 시간

Chapter FOUR.

좋아하는 사람

Chapter FIVE.

좋아하는 나의 공간 : 작업실 이야기

Epilogue

Chapter ONE

좋아하는 것들

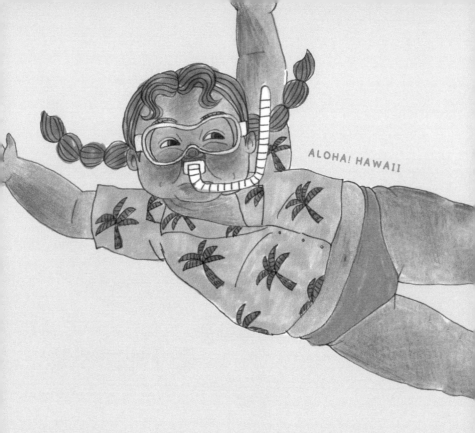

알로하 셔츠를   좋
              아
              해
○   요

저는 하와이와 관련된 건 모두 다 좋아해요.

아마도 하와이만의 알록달록한 색감과

자유로운 분위기 때문인 것 같아요.

그중 알로하 셔츠를 아주 좋아하는데요.

육지에 살 때는 화려한 무늬의 알로하 셔츠를 입기가 쑥스러워서

옷장 안에만 고이고이 넣어놓았어요.

그런데 제주에서는 알로하 셔츠를 입는 사람이

워낙 많기도 하지만 이상하게 용기가 생기더라고요.

이제 여름이 되면 알로하 셔츠를 마음껏 입어요.

덩달아 알로하 셔츠를 마음껏 즐길 수 있는 여름도 더 좋아졌고요.

빈티지 소품   좋
            아
○   해
            요

Jaffa
red grapefruit
4288 sunrise Israel

SMOKEY

NIPPON 5

수아 & 토바코가 선물로 준
아주아주 귀여운 곰모자.
너무너무귀엽다네.

세상엔 귀여운게 너무 많다네,
다아 — 가지고 싶당
귀여운건 다 좋아. 눈누난나.

Dole
PHILIPPINES

저 정말! 인간적으로! 빈티지 소품! 너무! 좋아해요!

시간 날 때마다 '빈티지 소품, 빈티지 장난감'을 검색해요.

여행지에서는 작고 귀여운 빈티지 소품에 빠져

빈티지 소품 파는 곳만 찾아다니곤 한답니다.

빈티지는 하나씩밖에 없다 보니 소장 욕구가 더 간절한 것 같아요.

그렇게 하나둘 모아 놓은 것이 꽤 많아,
제주 작업실을 준비할 때는
따로 인테리어 용품을 사지 않아도 될 만큼
작업실 공간을 충분히 채울 수 있었답니다.

결혼 전에는 빈티지 컵도 많이 모았는데,

결혼 후에 컵 짐을 본 남편이 '컵 금지령'을 내릴 정도였어요.

그래서 요즘은 어쩔 수 없이

컵 대신 다른 것들을 사고 있어요…! 하하!

앞치마를 좋아해요

。

빈티지 장난감, 소품, 가구, 그릇, 앞치마 등
빈티지란 빈티지는 웬만한 건 다 좋아해요.
그런데 빈티지 앞치마는 막상 입을 기회가 별로 없어서,
앞치마 역시 옷장에만 넣어두었다가
가끔 생각나면 꺼내 보는 정도였는데요.
제주에서 작업실을 오픈하고 나서는
그때그때 기분에 따라 골라서 잘 입고 있답니다.

like moment

아주아주 좋아하지만
아주아주 용기가 필요한 것들이 있다면
딱 한 번만 시도해본다는 생각으로
용기내보세요.
시도하고 나면 마구마구 좋아질 수도 있고,
의외로 마구마구 시시해질 수도 있으니까요.

하늘과 풀 무늬를   좋아해요

○

옷이나 컵, 접시 같은 소품에

하늘이나 풀, 마을이 들어가 있는 패턴을 좋아해요.

구하기 쉽지 않아서 보일 때마다 구입하는 편인데요.

할머니, 할아버지 옷에

이런 패턴이나 무늬가 자주 보이는 이유랍니다.

의자와 전등을　좋아해요

○

BINTAGE CHAIR

작업실에서 제일 많이 시간을 보내는 친구,
바로 의자인데요.
의자 문양이 예뻐서 빈티지샵에서 보자마자
'이 의자 주세요!'라고 했던 의자예요.

작업실 준비하면서
빈티지 소품들을 구매해도 되는,
아주 괜찮고 타당한 이유가 생긴 셈인데요.

이때다 싶어서 가구며 전등이며 마음에 드는 것들을
바로바로 구입해버렸어요.
전등 같은 경우는 구입만 하고
천장에 어떻게 달아야 할지 엄두도 내지 못했는데,
남편이 유튜브 보며 설치하는 방법을 열심히 습득하더니
짜라란- 하고 달아주었답니다.
덕분에 작업실 분위기가 한결 따뜻해졌어요.

윤슬 좋아해요.

보고만 있어도 예쁘고, 이름마저 예쁜 윤슬.

제주 온 지 얼마 되지 않았을 무렵

윤슬을 보고 반해

해 질 녘 바다에서 보내는 시간이 많았어요.

반짝거리는 윤슬을 보고 있으면

마음까지 반짝반짝해지는 느낌이에요.

like moment

꼭 바다가 아니어도 가까운 한강에서
예쁜 윤슬을 만날 수 있어요.
가끔 고요하고 반짝반짝 빛나는
나만의 순간을 만들어보면 어떨까요?

겨울 간식 좋아해요

○

WINTER SNACK

육지에 살 때는 동네에 붕어빵 파는 곳이 거의 없어서
붕어빵덕후로서 너무너무 아쉬웠어요.
제주에 내려오니 웬걸,
한 블록 건너 붕어빵 집,
또 한 블록 건너 붕어빵과 군고구마,
우체국 앞에는 땅콩빵, 편의점 앞에는 잉어빵과 어묵까지.
세상에 겨울 간식 대잔치가 아니겠어요!
여름이 지나가는 게 아쉬울 새도 없이
겨울엔 붕어빵이나 겨울 간식 사 먹는 재미로 시간을 보낸답니다.

like moment

어떤 간식 좋아하세요?
날을 정해 작정하고
좋아하는 간식을 잔뜩
먹어보는 건 어떨까요?

누워 있는 시간을 좋아해요

。

BOMSAM USO

누워 있는 시간을 정말 좋아해요.

일주일 중에 하루라도 온전히 누워 있을 시간이 꼭 있어야 해요.

그런 날이 없으면 제대로 쉰 것 같지 않더라고요.

모두 다 자는 밤에 누워 있는 것 말고,

해가 떠 있을 때, 그 따뜻함 속에 누워 있는 걸 참 좋아해요.

날씨가 선선한 날에 창문을 열어놓고

이불 속에 들어가 있으면

바람이 살랑살랑 불어오는 그 느낌 아시나요?

그 포근함과 편안함은 어디에서도 충전되지 않더라고요.

제 그림에 유독 누워 있거나 이불 덮고 있는 그림이

많은 이유예요.

like moment

나만 아는
내가 좋아하는 시간이 있을 거예요.
그냥 스쳐 지나갔을지도 모를 그 시간을
정기적으로 즐겨보는 일도
꽤 재미있답니다.

빵·빵·빵 좋아해요

ㅇ

BREAD LOVER

BREAD

BAGUETTE

CAMPAGNE

BRIOCHE

BAGEL

CROISSANT

FOUGASSE

RYEBREAD

BUTTER
BREAD

BOMSAMUSO

그림을 보고 많은 분들이 물어보시는 것 중 하나가
'작가님은 빵을 정말 좋아하시나봐요?'예요.

네, 빵 정말 좋아해요.
20대 때까지는 무조건 밥보다 빵이었고요.
지금도 그럴 때가 많아요.
(하지만 건강을 생각해서 빵을 줄여보려고 노력하고 있습니다.)

제주도 자체가 관광지다 보니
아주 유명하고 맛있는 빵집이 많은데요.
유명한 빵집이 동네에 몇 개나 있다고 생각하면
마음이 든든해지고 행복이 밀려와요.
작업실에서 일 마치고 빵 한가득 사서 집으로 돌아갈 때,
행복이 더 '빵빵'해진 느낌이 들더라고요.

거기에 해안도로를 운전하면서
한 손엔 빵을 들고 바다를 보며 가는 길은,
그 자체가 행.복.이랍니다.

행복 뭐 별거 있나요!
좋아하는 빵만으로도 이렇게 행복할 수 있는 걸요.

라테가　좋아요
。

봄사무소 그림 속 인물들 옆에는

커피와 맥주 그림이 유독 많아요.

단순하게도 제가 또 커피를 아주 좋아하기 때문이죠.

(시럽은 절대 안 되고요.)

아이스라테를 제일 좋아해서
하루에 커피 두세 잔은 마시는 것 같아요.
특히 여행을 가면
아침커피, 점심커피1, 점심커피2,
가끔은 저녁커피까지 즐긴답니다.

얼음 가득한 카페라테는 뭐랄까요.
잔잔한 일상 속 작은 기쁨이랄까요?

Chapter TWO

좋아하는 곳

제주이야기

아부오름

좋
아
해
요

○

'아부오름'은 제주 동쪽에서
제일 좋아하는 오름 중 한 곳이에요.
육지에서 친구가 오면
제일 먼저 데리고 가는 곳이기도 하고요.
육지에서 친구들이 온 날,
비가 마구 쏟아져서 오름 입구에서 올라갈까 말까
엄청 고민한 적이 있었어요.
결국 근처 편의점에서 우비를 사서 올라갔는데요.
조금 올라가다 보니 글쎄
길목에 소가 딱! 하고 지키고 있더라고요.
(그것도 4마리나요!)
오름에 소가 자주 나온다는 이야기는 많이 들어봤지만
실제로 본 건 처음이라 몹시 신나고 즐겁고 신기했어요!
정말이지 '소-오름'이 돋았답니다. :-)

like moment

지나고 나서 보면
고민만 하다가 놓친
기회와 아름다움이 있더라고요.
가끔은 고민이 들어도 일단 하고,
그다음에 고민해보는 거예요.
소름 돋을 만큼 놀라운 순간을
선물받을지 몰라요.

이자카야

。

좋아해요

BERRY GOOD

남편이랑 저랑 둘 다

일본 감성과 음식들을 좋아해서

일본과 관련된 곳들을 종종 다녀요.

이곳은 동네에서 제가 최고로 애정하는 장소인데요.

제주 중산간에 있는 '와흘0626'은

귀여운 일본인 남편 분과

더 귀여우신 한국인 아내 분이 운영하는 이자카야예요.

간단한 안주와 일본 술을 잔으로 파시는데

분위기가 정말 좋아요.

BERRY GOOD

오키나와 생맥주

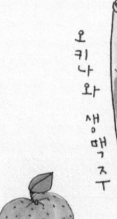

유자사와
유자 사케

모찌리도후 —

오키나와 생맥주 한 잔 마시면

여기가 일본인지 제주인지

헷갈릴 만큼 분위기에 취하거든요!

나만 가고 싶고 나만 알고 싶은 곳이지만

살포시 공개해봅니다.

(좋아하는 것들에 관한 책이다 보니,

　좋아한다는 말이 정말 많이 들어가는 것 같네요. 호호.)

와흘0626

제주의 봄산을   좋
○   아
            해
            요

제주 고사리가 유명하다는 걸

제주에 와서 알게 되었어요.

한번은 동네 친구들과 고사리 스팟을 발견해서

고사리를 한가득 뜯어왔는데요.

쑥쑥 올라와 있는 고사리를 톡톡 뜯는 손맛이 재미있어서

시간 가는 줄 모르고 뜯은 적이 있어요.

중산간에 보면

'고사리 채취 시 길을 잃을 수 있습니다.

특히 유의하여 주시기 바랍니다'라는 현수막을

심심치 않게 볼 수 있는데요,

그 뜻을 단번에 알겠더라고요.

고사리를 뜯다 보면 점점 풀 속으로,

점점 숲속으로 들어가게 되는데

어느 순간 여기가 어딘지, 어디까지 왔는지 모를 때가 있어요.

그래서 같이 간 친구들끼리

서로의 이름을 크게 부르면서 고사리를 뜯어야 해요.

한가득 고사리를 안고 와
푹 삶고 말린 후에 엄마에게 보내드렸는데,
그렇게 뿌듯할 수가 없었답니다.

고사리 뜯으면서 시기가 잘 맞으면
산 두릅과 달래도 캘 수 있어요,
달래는 폭 뽑아서 큰 알이 나오면
산삼 캔 것마냥 너무 신이 나고요,
두릅은 높은 나무 위에 있지만,
막대기로 툭툭 쳐내서 떨어지면 그렇게 기분이 좋을 수가 없어요.

집에 와서 산 두릅은 지져 먹고,
달래는 달래장을 만들어서 밥에 비벼 먹는데요.
다양한 자연의 수확물과 함께
있는 그대로의 계절을 만끽할 수 있어
제주의 봄산은 정말 사랑하지 않을 수 없어요.

like moment

나만 아는 뿌듯한 순간이 있을 거예요.
지금부터 그 시간을
한 번, 두 번, 세 번 더 늘려보세요.

제주 와서 살길 잘했어요

○

날씨가 쌀쌀해지면 캠핑 의자와 작은 테이블을 들고
바닷가 앞에 있는 잔디밭으로 나들이를 가요.
바다 위에 떠 있는 한치배 불빛을 바라보며
남편이 만들어 준 하이볼을 마시며
이런저런 이야기를 하는 시간을 참 좋아하는데요.

'아- 제주 와서 살길 잘했다'라는 생각이 절로 들어요.
물론 '남편과 결혼하길 잘했다'라는 생각도 플러스로 든답니다. :-)

like moment

스스로 '~하길 잘했다'라고
할 만한 것들을 떠올려보세요.
알고 보면 못한 일보다
잘한 일들이 훨씬 많더라고요.

가을이 도착하기 전에 스노클링을 해요

○

한여름에는 강렬하고 쨍한 제주 바다를 즐겼다면,

가을 오기 전의 제주 바다는

시야가 잘 확보되고, 조금 더 고요해서

또 사람들도 많이 없어서,

보다 한적한 바다를 즐길 수가 있어요.

거의 동네 바다만 다니다 보니

매번 봤던 물고기들이라

요즘에는 그냥 지나치는 경우가 많지만,

제주 바다에서는 그때그때 다른 물고기들이 보여요,

새로운 물고기를 발견했다 하면,

집으로 돌아와 그림으로 기록하고 남기는 편인데요.

마치 거대한 아쿠아리움 속에

들어갔다 나온 것 같은 기분이라서

그림 그리면서도 아쿠아리움 속에 있는 것 같아 황홀하답니다.

제주에 살다 보면 관광지가 아닌 곳,
사람이 별로 없는 곳을 찾아다니게 되는데요.
바다도 마찬가지로 사람들이 없는 곳으로 가야
물도 맑고 물고기들도 더 많답니다.

처음에는 작은 물고기만 봐도 아이마냥 신이 났어요.
이제는 복어나 문어, 넙치, 뚱뚱한 파란색 불가사리,
동글동글한 군소, 바다달팽이 등
점점 새로운 것들을 발견하는 재미가 늘고 있답니다.

조그마한 복어.

동글무늬가 많은
노랑&파랑 복어

바다달팽이

투명하고 통통한
물고기.

여러마리 몰려다니는
작은 줄무늬 물고기

얌얌 해초 먹고 다니던
길쭉하고 큰 물고기

투명하고 납작한
물고기

바닷속에 들어가기만 하면
보이는 입뾰한 줄무늬 물고기

길쭉하고
무서운
해파리

처음에는 사람 안 무서워하고
안 도망가서 신기 했는데 한눈팔고
있으면, 금새 와서 내 몸 콕콕 쪼아먹는
이상한 물고기.

like moment

가끔 아이처럼 살아보는 순간을
만들어보세요.
아이처럼 생각하고,
아이처럼 행동하고
아이처럼 웃는 순간이
어른에게도 필요하더라고요.

성게의 맛

오-

。

제주에 온 첫해 여름엔

튜브와 구명조끼 둘 중 하나라도 없으면

바다에 들어가지 못했어요.

발 닿는 바다에서만 놀고,

조개껍데기나 해초 같은 것들을 주울 뿐이었죠.

그러던 어느 날,
바위 위에 늘 앉아 계시던 할아버지가
바위틈에 몰래 꼽아놓으신
노지 소주를 탁 꺼내시더니,
봉지에서 주섬주섬 갓 잡아 오신
성게를 꺼내시는 게 아니겠어요?

옆에서 신기하게 쳐다보니까
그걸 칼로 쪼개시면서 한번 먹어보라며
성게알을 떠주시는 센스!
잊지 못할 따듯한 순간이었어요.

맛이요?
당연히 말로 표현할 수 없을 만큼 맛있었지요.

해! 피! 당! 근!

1~2월은 '구좌 당근' 수확철이에요.

제주 당근은 아주 달콤한데요.

슬프게도 모양이 특이하거나 작아서

상품 가치가 없는 당근들은

수확 후에 그대로 바닥에 버려져요.

그리고 다시 비료가 되기 위해 흙 위에서 나뒹굴죠.

할머니, 할아버지가 예쁜 당근을 수확해가신 후에

타이밍이 잘 맞으면

못생겼지만 싱싱한 당근들을 얻을 수가 있는데요.

그 당근으로 카레도 해 먹고,

착즙해서 당근 주스도 몇 통 만들어 놓아요.

또 착즙하고 남은 당근 찌꺼기들을 모아
집 근처 말들에게 뿌려주면
그렇게 잘 먹을 수가 없답니다.
말들도 맨날 풀만 먹다가
달콤한 당근을 맛보니 얼마나 맛있겠어요!
어느 것 하나 버릴 것 없고 모두 만족하는
해! 피! 당! 근! 이에요.

무와 감자도 사랑스러워요

o

제주 밭에는 파지 당근 줍기 플러스로
무와 감자도 아주 많아요.
차를 타고 가다 보면 밭에 널려 있는
무와 감자를 볼 수 있는데요.
물론 그냥 뽑으면 절대 안 되고요.
당근과 같이 이미 수확하고 난 후에
남은 아이들을 한두 개씩 집어올 수 있어요.

가져온 무로는 뭇국도 해 먹고 피클도 담가 먹어요.
마트나 시장에서만 살 수 있는 재료들을
자연에서 바로 주어와 만들어 먹는 재미,
좋아하는 제주니까 가능한 것 같아요 :-)

귤 천국에 　살
○ 　　　　아
　　　　　요

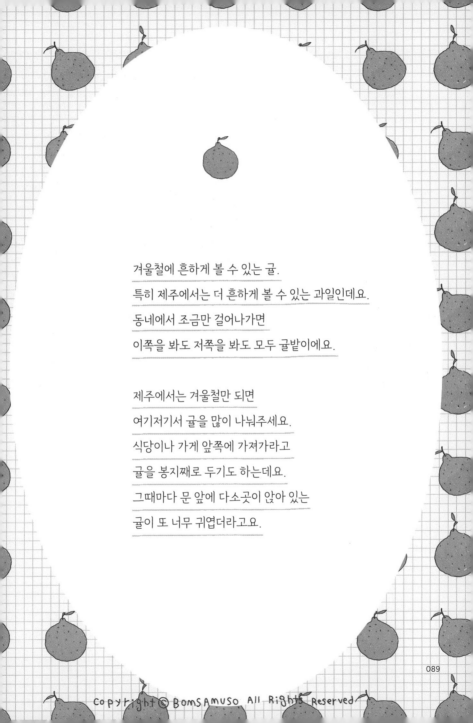

겨울철에 흔하게 볼 수 있는 귤.
특히 제주에서는 더 흔하게 볼 수 있는 과일인데요.
동네에서 조금만 걸어나가면
이쪽을 봐도 저쪽을 봐도 모두 귤밭이에요.

제주에서는 겨울철만 되면
여기저기서 귤을 많이 나눠주세요.
식당이나 가게 앞쪽에 가져가라고
귤을 봉지째로 두기도 하는데요.
그때마다 문 앞에 다소곳이 앉아 있는
귤이 또 너무 귀엽더라고요.

089

가끔 작업실 오시는 분들이
어디서 사야 귤이 맛있냐고 물어보시는데,
저는 그때마다 드릴 대답이 없답니다.

제주에 와서 귤을 사 먹어본 적이 없거든요. :-)

모든 곳이

。

포
토
스
팟

BOMSAMUSO

봄에는 유채꽃, 여름에는 수국,
가을에는 팜파스와 메밀꽃, 겨울에는 동백꽃.

어느 계절 하나 안 예쁜 계절이 없는 제주예요.
이런 예쁜 꽃들이 많이 피어서
돈을 내고 사진을 찍게 해주는 포토 스팟들이 많이 생겼는데요.
자유롭게 드라이브를 하다 보면
더 그림 같은 곳들이 많아요.
정해진 스팟 말고 이곳저곳 돌아다니며
나만의 스팟을 찾는 재미도 쏠쏠해요.

가끔 남편과 장소를 정해놓지 않고,

무작정 '오른쪽! 왼쪽!' 방향을 찍고 돌아다니는데요.

아무도 없는 잔디밭이나 풍경이 아름다운 곳을 발견하면

차를 멈추고 사진을 찍다 오곤 해요.

지나고 나서 사진첩을 보면
마치 내가 아닌 다른 이의 추억을
들춰보는 것마냥 아름답더라고요.

like moment

정해진 길은 재미없잖아요.
가끔 정해지지 않은 길로도 가보고
길을 잃어보기도 하고
새로운 길에서 매력적인 스팟을
발견하기도 해봐요.

처음 반딧불이를 만났어요

이른 여름, 저녁을 먹고

남편과 동네 산책을 하고 있었어요.

'아, 이맘때면 반딧불이 나와서 볼 수 있다던데,

왜 우리 동네에는 없지–'했더니

'우리 동네는 불빛이 너무 밝아서 없을 거야'라고

남편이 말해주더라고요.

반딧불이는 몸에서 나오는 빛으로

서로 신호를 주고받아서,

다른 빛에 방해받지 않는 깊은 숲속이나

어두운 곳에서만 산다고 해요.

그런데 갑자기 거짓말처럼 가로등 불빛이 아닌
아주 작은 불빛이 보이는 게 아니겠어요?
실제로 본 적이 없지만 지나가는 소리로,
'오빠! 혹시 저거 반딧불이 아니야?'라고 했는데
진짜 반딧불이였어요!

우와… 반딧불이 한 마리가
우리 둘 앞으로 천천히 지나가는데,
'똥꼬'에서 불빛이 반짝짝짝하던
그 순간을 잊을 수가 없답니다.

Chapter THREE

좋아하는 시간

카페에 머무는 시간을 좋아해요

o

여유롭게 마시는 커피한잔...

우리 대부분 시간에 쫓겨 여유 없이 살잖아요.

제주에 살다 보니 전보다 시간적 여유가 많아지더라고요.

그만큼 커피를 즐길 수 있는 시간도 늘어났는데요.

좋아하는 커피를 테이크아웃해서 드라이브를 하거나,

좋아하는 카페에 앉아서 보내는 시간을

더 많이 좋아하게 되었어요.

좋아하는 장소
동네 카페 (5L2F)

그중 분위기와 맛으로 이미 너무 유명한 카페가 있는데요.

로스팅 기계에 구운 군밤이 나오는 곳인데,

아메리카노와 먹으면 그 맛을 잊지 못해

또 가고, 또 가고, 또 가게 되는 곳이랍니다.

그 외에 다른 디저트와 커피도 맛있어서

육지에서 누가 왔다! 하면

무조건 데려가는 곳 중 한 곳이에요.

카페 5L2F

야외에서 피맥(피자+맥주) 하고 싶은 날에

가는 곳인데요.

집에서 10분만 가면,

마치 외국 여행 온 느낌이 나는 곳이랄까요?

얇고 바삭한 피자에 시원한 맥주가 아주 찰떡인 곳이랍니다.
날씨 좋은 날 밖에서 먹으면, 여행 온 느낌이 폴폴폴 나요.
처음엔 집에서 10분 거리에 이런 곳이 있다니! 하고 놀랐는데,
주변이 거의 관광지라 이제 그런 놀람은 조금씩 줄어드는 것 같아요.

사르르 시간을　좋아해요

o

SWIMMING & BEER TIME

맥주 한 잔 마시고 수영하고
또 한 잔 마시고.

햇볕 쬐고 노을 질 때까지 반복하다 보면
기분이 정말 좋아요.
몸이 바다에 사르르 녹는 기분이랄까요?

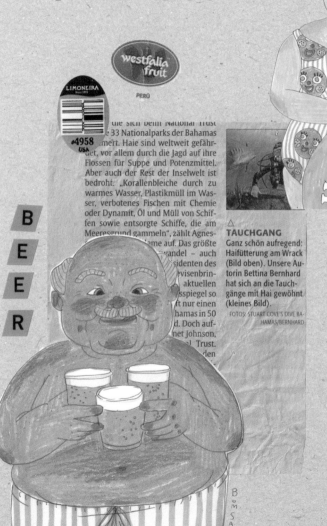

westfalia fruit

PERÚ

LIMONEIRA
Since 1893

4958
USA

B
E
E
R

…die sich beim National Trust
…e 33 Nationalparks der Bahamas
…mert. Haie sind weltweit gefähr-
…det, vor allem durch die Jagd auf ihre
Flossen für Suppe und Potenzmittel.
Aber auch der Rest der Inselwelt ist
bedroht: „Korallenbleiche durch zu
warmes Wasser, Plastikmüll im Was-
ser, verbotenes Fischen mit Chemie
oder Dynamit, Öl und Müll von Schif-
fen sowie entsorgte Schiffe, die am
Meeresgrund gammeln", zählt Agnes-
…ame auf. Das größte
…wandel – auch
…sidenten des
…evisenbrin-
…aktuellen
…sspiegel so
…t nur einen
…hamas in 50
…d. Doch auf-
…net Johnson,
…l Trust.
…den

TAUCHGANG
Ganz schön aufregend:
Haifütterung am Wrack
(Bild oben). Unsere Au-
torin Bettina Bernhard
hat sich an die Tauch-
gänge mit Hai gewöhnt
(kleines Bild).
FOTOS: STUART COVE'S DIVE BA-
HAMAS/BERNHARD

HOT SU

like moment

나만의 '사르르 시간'

만들어 보는 건 어떨까요?

몸과 마음이 가장 편안한 순간을 찾아보세요.

새로운 걸 시도하는 순간이　좋아졌어요

넘어져서 겁을 잔뜩 먹은 바람에 햇빛도 몇 번 못 보고
구석으로 들어가버린 '보드' 님.

제주에 와서 새로 시도해본 것 중에

스케이트와 보드 타기, 그리고 골프가 있는데요.

보드는 너무 재미있어서 겁도 없이 휘잉휘잉 타다가

머리를 쾅! 부딪혀 세게 넘어지는 바람에

그 후로는 겁이 나서 못 타고 있고요.

새로 보드도 샀는데, 그 후 창고 구석에 고이 모셔놨어요.

골프는 옆집 친구가 자주 치러 다녀서 따라다녔었는데요,
연습장에서 뻥뻥 공을 날리는 게
신나고 재미있어 계속 배워보려고 했는데,
필드에서 칠 때는 신중함이 더 필요한 운동이더라고요.
신중함 그리고 차분함과 거리가 먼 저는
골프도 금세 접어버렸답니다. 하하.

그래도 새로운 걸 해볼 기회가 많고
계속 도전하게 만드는 제주는
저에겐 너무 즐거운 곳이에요.

like moment

새로운 걸 도전하고 싶은 순간
망설이지 말고 고민하지 말고
그냥 해보세요.
아니면 도전하고 싶은 순간의 마음을
기록으로 남겨보세요.
또 다른 도전으로 이어질지 몰라요.

단순해지는 시간이 늘었어요

Four-leaf clover

자연을 가까이하다 보니,

어릴 때 했던 놀이를 하는 경우가 늘어나더라고요.

그중 하나가 '네 잎 클로버 찾기'예요.

사실 어른이 되어서는

잔디밭에 오랫동안 앉아 있을 일도,

식물을 자세히 관찰할 일도,

자연과 함께 시간을 보낼 일도 점점 줄어들잖아요.

하지만 제주는 주변이 모두 자연이라

조금 더 단순한 것들을 하게 되고,

그만큼 마음과 생각도 단순해져서 좋은 것 같아요.

물론 좋은 방향으로요!

like moment

단순해지는 시간을 만들어보세요.
좋은 것은 채워지고
나쁜 것은 사라진답니다!

두려움 없는 시간을　즐겨요

。

FEARLESS TIME

BOM SAMUSO

여름 동안 하루걸러 매일 바다를 가다 보니
수영 실력도 그만큼 늘더라고요.

발이 닿지 않는 곳에서도
두려움 없이 동-동- 떠 있기,
얼굴만 내놓고 앞으로 헤엄치기.

수영 배우면서 이 두 가지가
늘 하고 싶었던 것들이었는데,
물과 친해지니 자연스럽게 되더라고요.

하나하나 할 수 있는 것들이 늘어나니까 더 재미있어서
바다를 더! 자주! 가게 되었어요.
그 덕분에 여름 내내(여름 후에도)
아주 까맣게 지내고 있답니다.
이전 피부 화장 색이 하나도 안 맞을 만큼요!

like moment

두렵고 걱정되는 도전이 있다면
하나하나 해결할 수 있는 방법을 찾고,
천천히 친해져 보는
시간을 만들어보세요.

수영복 할머니

○

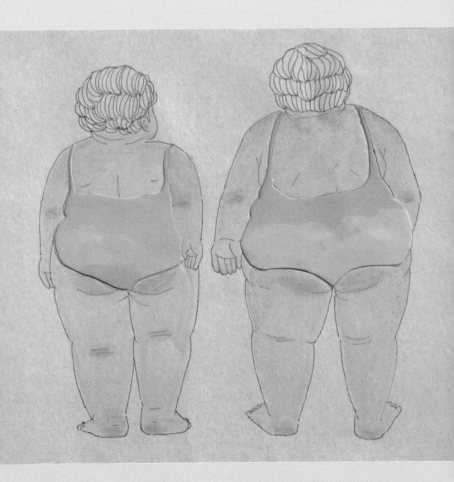

제주 하늘 수영복을 입으신 멋진 할머니.

계절을 그리는 시간이
 좋아요

○

제주의 사계절을 온전히 흡수해보고 나니,
자연은 정말 위대하다는 생각이 들어요.
그림을 그리고 나면
완성된 그림과 그날의 제주를
사진으로 남기고 싶은 욕구가 드는데요.
계절에 따라 계절감을 가득 넣어 그리고,
완성되었을 때 그림과 잘 어울리는 날씨가 되면
바로 나가서 사진을 찍어요.

like moment

좋아하는 계절을
나만의 방식으로 남겨보세요.
글로, 사진으로, 그림으로.
더 좋아하는 계절이 생길지도 몰라요.

있는 그대로의 날씨를 즐겨요

○

오키나와에서는 태풍이 오는 날이면,

걱정하기보단 그날을 그냥 쉬어가는 날이라고 생각한대요.

제주에 온 첫해 태풍이 왔는데,

바람이 이렇게 세게 불 수 있는지 처음 알았어요.

하지만 이제는 창밖의 야자수들이 마구 휘어져도

그냥 그러려니 해요.

(섬이라 그런지 평소에도 바람이 심하게 부는 날들이 많아서,

오늘은 바람이 조금 더 부는군 정도로 생각하게 되더라고요.)

태풍과 마찬가지로 폭설이 심한 날도 그래요.

비행기가 모두 결항될 정도로 폭설이 내린 날에는

눈보라를 보러 몸을 꽁꽁 싸매고

남편과 드라이브를 하러 나가는 배짱도 생겼답니다.

육지에서는 일상에 날씨 영향을 많이 받았는데,

제주에 와서는 그 날씨 그대로를

즐기는 쪽으로 변한 것 같아요.

하늘을 자주   올려다봐요

○

제주에 살면 하늘 사진을 찍게 되는 일이 참 많아요.
육지보다 미세먼지 영향을 덜 받는 곳이라
비교적 하늘과 공기가 맑은 날이 많은데요.

사는 곳도 바닷가와 가까워서
구름이 특별히 더 멋진 날이거나
하늘색이 황홀할 정도로 아름다운 색을 뽐내는 날은,
바다와 어우러진 풍경을 놓칠 수가 없어요.

144

사실 멋진 풍경을 계속 보며 살다 보니 익숙해져서
더 이상 새롭다거나 바다를 봐도
'그냥 바다네' 할 때가 점점 늘어나고 있는데요,

그러다가도 그림 같은 하늘,
또 바다 풍경과 마주할 때면
'아− 나 제주 살고 있지! 제주는 정말 멋진 곳이야' 하고
이따금 다시 제주의 매력에 빠져들고 말죠.

매일 비슷해 보여도
매일 다른 제주 하늘,
많이 아름다워요.

like moment

바쁘게 지내다보면
하늘을 올려다볼 일이
별로 없는 것 같아요.
하늘이 맑은날엔,
의식적으로라도
하늘을 바라보는 시간을 가져보세요. :-)

Chapter FOUR

좋아하는 사람

하이볼을 만들어주는 　좋은　사람

○

HIGHBALL LOVER

BomSAmuSo

Happy Highball

제주에 내려오고 나서
서로 좋아하는 것들을 즐기는 시간이
더 많아지는 것 같아요.
그중 하나가 하이볼인데요.
남편은 하이볼 만드는 걸 좋아하고,
저는 마시는 걸 좋아해서
제 취향을 반영해 레몬 가득 넣은 하이볼을
남편이 자주 만들어줘요.

남편은 알까요?
전 그 시간이 그렇게 행복할 수 없어요.
남편 덕분에 결혼하고 나서
술은 아주 많이 늘었지만요. :-)

like moment

누군가와 취향을 공유해보는 시간을 가져보세요.
꼭 사랑하는 사람이 아니어도
서로 좋아하는 것들을 공유하고
서로의 취향을 알아가는 것만으로도
나만의 좋은 순간을 발견할 수 있어요.

결혼하길 　잘했어요

。

오빠랑 두번째 결혼기념일에 찍은 사진,
보고 그린 그림..

결혼하길 잘했다는 생각이 들 때가 있는데요.
그중 하나는 늦잠 자고 일어나면
남편이 작은 쟁반에 좋아하는 빵과 옥수수 수프,
그리고 카페라테를 올려서
침대 위로 가져다주는 순간이 그래요.

침대의 포근함과 일어나자마자 좋아하는 것들을
눈앞에서 마주할 때의 행복은
말로 다 표현이 되지 않는답니다.
그런 작은 순간순간들이 모여 모여서
함께 살아가는 일상이 더 즐거워지는 것 같아요.

결혼기념일의 우리

함께 별을 볼 수 있는 사
○ 람

그날 난생처음 별똥별도 보고,
깜깜한 밤하늘에 펼쳐진 무수히 많은 별들도 봤는데요.
별을 본 순간 마음이 몽글몽글 말랑말랑해지더라고요.
정말로 그림 같은 장면이었어요.

그때의 추억이 좋아서
요즘도 '오빠, 별 보러 가자!' 라고 자주 말해요.
그럴 때면 잠옷바람으로 슝 나가서 별을 보고 와요.

다만 연애할 때와 지금 다른 점이 있다면
연애할 때는 둘이 꼬옥 붙어 별을 봤고,
결혼 후에는 각자 별이 잘 보이는
위치에 서서 따로 본답니다. :-)
멀리서도 가까이서도 함께 별을 볼 수 있는 이 순간,
가끔 꿈꾸는 기분이 들어요.

like moment

서로가 좋아하는 걸
하나씩 함께해보는 시간을
만들어보면 어떨까요?
꼭 달콤한 시간이 아니어도
'함께'한다는 자체가 의미있으니까요.

우리가 함께한 바다
○

남편은 키가 상당히 큰 편이라,

제가 작은 키가 아닌데도

남편 옆에 서면 아주 아담해 보이는데요.

남편은 바다 수영을 좋아하지 않아서

여름 내내 같이 바다에 한 번 갈까 말까예요.

그래서 한 번 같이 가는 날이면

나무에 붙은 아기원숭이마냥

남편 등 뒤에 딱 붙어서

바다 깊은 곳까지 매달려 들어가요.

물속에서 어부바를 하면 그렇게 재미있고 좋더라고요.

바다에서 자주 함께 놀고 싶은데,

이번 여름에도 딱 한 번 함께했어요.

우리가 바다에서 함께한 시간은

단 하루뿐이었지만

그래서 더욱 소중하고 좋은지 모르겠어요.

마트에서 잠시 다른 걸 가지러 간 사이
남편은 카트 안에 군것질거리를
몰래 넣어놓고는 해요.

나이가 많이 들어도
남편의 그 모습은
변함없을 것 같아요.

단둘이 고립되는 시간

제주에 눈이 많이 오다 보니,

시내 쪽이 아닌 이상 고립되는 곳이 은근히 많은데요.

사륜자동차이거나 윈터타이어가 아닌 차들은

중산간 도로 근처조차 갈 수가 없어요.

몇 년간은 다행히도 남편 차가 윈터타이어여서

올라가지 못하게 막아놓은 1100고지나

아무도 없는 중산간 도로를 다닐 수 있었는데요.

하얀 세상 속에 눈 내리는 고요함과 잔잔함은,

마치 동화 속에 들어와 있는 것 같은 기분이 들게 해서

가끔 고립되는 이 순간을 즐기기도 한답니다.

또 차 타고 가다가 잠시 멈춰서 사진도 찍고,
내려오는 길에 마시는 편의점 핫초코의 맛은
절대 잊을 수 없는 최강 초코맛이랍니다.

겨울에 만난 풍경 그리고 말

시즈닝그라피 @seasoning_film

행복 덩어리가 커
지는
○ 중

작업실 출근하는 날은 아침부터 정신이 없어요.

이것저것 챙기고 준비하다 보면 금방 나갈 시간이에요.

다 준비하고 신발을 신으러 현관 쪽에 가면,

작업실에서 마시라고 남편이 준비해준 텀블러가

한 개(가끔은 두 개)가 놓여 있어요.

하나는 아이스아메리카노, 또 하나는 아이스라테.

일하면서 마시다가,

문득 덩치 큰 남편의 섬세한 마음이 떠올라

괜스레 웃음이 나는 순간,

소박한 행복감이 밀려와요.

이런 작은 것들이 하나씩하나씩 쌓여서

또 하루하루 쌓여서

행복 덩어리가 점점 커지는 것 같아요.

like moment

너무 사소하고 소소해서
이미 가지고 있는 행복한 순간을
지나쳤을지도 몰라요.
소소하더라도 오늘 그리고 지금,
감사했던 순간을 떠올려보세요.

우리만 아는 감성 저녁

○

저녁 먹고 나서 집에만 있기 아쉬운 그런 날 있잖아요?

그럴 땐 무작정 나가서 드라이브도 하고

이것저것 구경하고 싶은데,

우리 동네는 6~7시 이후에는

문을 거의 닫아서 아주 깜깜해요.

술집들은 늦게까지 열려 있지만

술감성 말고 아기자기한 감성 저녁을

보내고 싶을 때는 정말 아쉬워요.

아쉽지만 그럴 때마다 남편이랑 하는 일이 있는데요.
바로 바닷가 앞에 있는 아이스크림 가게에 가서
아이스크림을 한 덩이씩 먹고 오는 일이에요.
그 한 덩이를 먹고 바다를 바라보고 있으면
이 작은 아이스크림 한 덩이에
작은 행복이 꼭꼭 숨어 있다는 생각이 들어요.
별거 아니지만 우리 부부만 아는 감성 저녁이랍니다.

like moment

아무리 바빠도
나이가 들어도
감성적인 순간은
잊지 말아요.

어젯밤에는　　말이죠

。

꿈을 꾸고 있었는데 갑자기 눈이 확! 떠지더니

다시 잠이 오지 않는 거예요.

혼자 계속 뒤척이다가

마침 남편도 살짝 뒤척이는 것 같아 말을 걸어봤죠?

"오빠, 나 잠이 안 와"라고요.

그랬더니 글쎄,

"그럼… 다시… 오라고 해…"라고 말하고

코를 쿨쿨 골며 다시 자더라고요.

아주 작은 배신감이 드는 웃픈 새벽이었어요.

우리 집엔 청소 요정이　살아요

그림 그리는 직업을 갖고 있지만

매일 그림만 그릴 수가 없어요.

그림으로 만든 제품도 많기 때문에

택배 포장하는 일도 모두 제 몫이거든요.

택배 포장은 작업실에서도 하고 집에서도 하는데요.

집에서 할 때는 책상 옆에 아주 큰 박스를 놓고

운송장 스티커나 종이를 그 박스에 버려요.

그런데 그 박스에 종이 쓰레기가

가득 쌓이는 걸 본 적이 없어요.

쌓일 때쯤이면 어느샌가 텅 비어 있고,

출근했다가 퇴근하면 또 텅 비어 있어요.

바로 우리 집 청소 요정이 매번 비워주는데,

그 텅 빈 박스를 보면

또 남편의 흔적이 느껴져 웃음이 난답니다.

그래서 그런지 남편이 예전에 한 말이 생각나요.

"나, 결혼해서 와이프가 생겼다기보다⋯

딸만 하나 생긴 느낌이야."

얄밉지만 귀여운 분

°

왜 집에 같이 있어도
각자의 할 일을 할 때가 많아서,
대화가 없을 때도 몇 시간씩 있잖아요.
그럴 때 가끔 남편 방에 가서 말을 거는데요.

"저기요 - 저한테 관심 좀 주세요"라고 말하면,
저만 보는 포즈로
"여기 있어요! 관! 심!"이라고 말하고
무심하게 다시 본인 할 일을 해요.

그런 모습을 보면 참… 얄밉기도 하고
귀엽기도… 하답니다?

서로 '달라서' 더 좋아요

작업실 오픈하고 같이 지내는 시간이 늘어나면서
남편과 다른 점을 더 많이 느끼는데요.
다르기 때문에 서로 보완도 되고,
각자 못하는 부분에도
불만을 품지 않게 되더라고요.
나와는 생각이 다르니까
그렇게 생각할 수 있겠구나- 하는
'그러려니' 마음이 생겨 뭐든 넘기게 되니까
남편과 조금 더 돈독해진 느낌이 들어요.
다른 점들이 '많아서'
남편이 더더욱 좋아지는 요즘입니다.

189

Chapter FIVE

좋아하는 나의 공간

작업실 이야기

작업실은 이렇게 탄생했어요

○

봄사무소
제주 조천읍 함덕 8길 36-1
인스타그램 - BOMSAMUSO   온라인 스토어 - smartstore.naver.com\bomsamuso

일러스트 오름밥, '얼굴 그려드려요.', 클래스.

그림을 그리면서 늘 '작업실'을 만들어야겠다는
막연한 생각이 있었어요.
결혼하고 제주에 내려와
작업실 자리를 알아보던 중에
마음에 드는 자리를 딱 발견했지 뭐예요!

첫 작업실로 크기며 공간이 너무 딱이지만,

할까 말까 계속 고민이 되더라고요.

그런데 남편은 괜찮은 곳 같으니 계약하자며

바로 부동산에 전화를 하는 거예요.

(저는 사실 말만 하고 이런저런 생각만 하느라
실행에 옮기기까지가 매우 느린 스타일이고,
남편은 하기로 정했으면 바로 알아보고,
바로 해야 하는 실행이 매우 빠른 스타일이에요.)

그래서 보고 온 그날, 한 시간도 되지 않아 바로 계약했어요.

하루만 더 생각해본답시고 그날을 넘겼다면

아마 다른 분에게 가게 자리가 넘어갔을 것 같아요.

다른 분들이 꽤 많이 기다리고 있었다고 하더라고요.

남편 덕분에 지금의 예쁜 작업실을 만들 수가 있었답니다.

다정하고 귀여운 벽화 탄생기

○

작업실 오픈 후, 조금씩 변화된 벽화들이에요.

한동안 그림을 작업실 안에만 두기가 아쉬워서

밖에 그릴 곳이 없을까 고민만 하는 시간을 보냈어요,

앞면이 모두 유리라서 괜찮은 아이디어가

딱히 떠오르지 않았죠.

그렇게 고민만 하던 찰나,

아는 언니가 아이디어를 줘서 바로 실행!

(듣자마자 바로 나무를 알아봐준 남편 덕에
일사천리로 진행되었어요.)

200

다정하고 귀여운 할머니 할아버지 부부를 크게 그려놓으니,

지나다니는 동네 분들도 좋아하시고,

작업실 놀러오시는 분들도 좋아해주셔서

꼭 이 앞에서 사진을 찍고 가신답니다.

첫해에는 계절에 맞춰 계속 옷을 변경했는데,

한 해만 그렇게 하고,

그다음 해부터는 조금씩 보수만 하고 있어요.

나만의 팔레트

○

작업 양이 많아지면서 점점 두꺼워지는 팔레트.

그대로 계속 쓰기엔 너무 무겁고,

개수도 많아져서 어느 날 작업실 벽에 걸어 두었는데요.

인테리어 용으로 걸어놓은 건 아니었는데,

손님들이 보시기에는 멋져 보였는지

구입할 수 있냐고도 물어보시고,

팔레트 사진을 많이 찍어가셔서 신기했어요.

항상 주변에 있던 것들이라 아무 생각 없었는데,

다른 시각으로 봐주시니 신기하고 재미있는 경험이에요.

like moment

늘 곁에 있고 가까이 있는 물건들을
주인이 아닌 타인의 시선으로 관찰해보세요.
그리고 사진으로 글로 기록을 남겨보면
특별하고 색다른 물건으로 느껴질 거예요.

작업실에서 판매하는 제품들

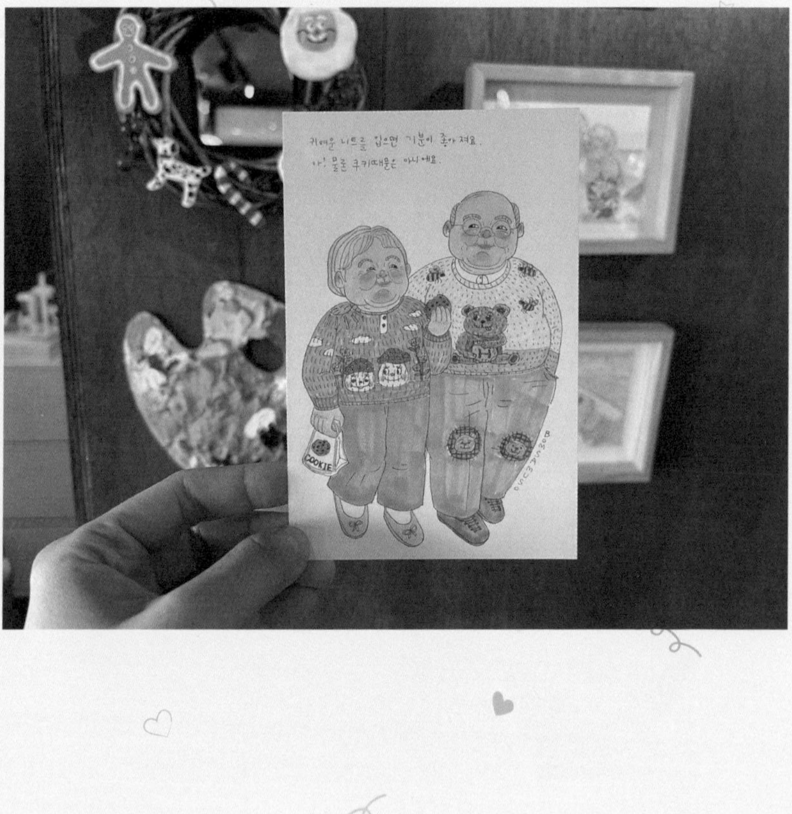
귀여운 니트를 입으면 기분이 좋아져요.
아! 물론 쿠키때문은 아니에요.
COOKIE

서핑 할어, 할아버지 키링
₩10000

BOMSAMUSO

한눈에 쏘옥
미니어 손거울
₩4000

하나하나 직접칠해서
모양이 다 다른 귀여운 사랑브로치

마스킹테이프
₩5500

BOMSAMUSO

₩10000

톡톡 뜯어쓰는
메모지 ₩3500

왜 할머니 할아버지인가요?

제주 작업실을 오픈하고 나서
가장 많이 들은 질문 중에 하나인데요.
그럴 때마다 모두 다 설명해드릴 순 없어서
짧게 '장래희망'의 모습을 그리고 있다고 말씀드려요.

미래에 이런 모습으로
시간을 보내면 좋겠다 싶은 모습을
그림으로 담고 있어요.
그래서 자연스럽게 할머니 할아버지의 모습을 그리는 것 같아요.
무엇보다도 할머니 할아버지에게서만 뿜어져 나오는
귀여움과 따뜻한 색감을 좋아해요.

가끔씩 남편과 있었던 에피소드 중에
그림으로 남겨놓으면 좋겠다 싶은 모습들도
할머니 할아버지의 모습으로 담고 있답니다.

좋아하는 곳에서
좋아하는 사람과
좋아하는 시간을 보내요 __ 봄사무소의 라이크 모먼트

초판 1쇄 발행 2023년 10월 30일
초판 2쇄 발행 2023년 11월 30일

지은이 봄사무소

펴낸이 박세현
펴낸곳 서랍의 날씨

기획 편집 김상희 곽병완
외주기획 편집 윤수진
디자인 김민주
마케팅 전창열
SNS 홍보 신현아

주소 (우)14557 경기도 부천시 조마루로 385번길 92 부천테크노밸리유1센터 1110호
전화 070-8821-4312 | **팩스** 02-6008-4318
이메일 fandombooks@naver.com
블로그 http://blog.naver.com/fandombooks

출판등록 2009년 7월 9일(제386-251002009000081호)

ISBN 979-11-6169-268-5 (03810)

서랍의날씨는 팬덤북스의 가정/육아, 문학/에세이 브랜드입니다.